VERDE VIOLETA

túlio stafuzza

URUTAU
julho de 2025

O —

editora Urutau

rua do cajú, 478
jardim das cerejeiras, 06724-015
cotia-sp
brasil

rua dr. manuel pacheco nobre, 128, 5 esquerdo
2830-080 barreiro (setúbal)
portugal

[+55] 11 95608 8983 [brasil]
www.editoraurutau.com

[EDITORA]
debora ribeiro rendelli
[REVISÃO]
victor negri
[PROJETO GRÁFICO]
wladimir vaz
[COORDENAÇÃO GRÁFICA]
tiago fabris rendelli
[DIAGRAMAÇÃO E CAPA]
victor h. azevedo

Dados Internacionais de Catalogação na Publicação (CIP) de acordo com ISBD

Stafuzza, Túlio
S779v Verde violeta / Túlio Stafuzza. - Cotia : Urutau, 2025.
80 p. ; 12cm x 16,5cm.

ISBN: 978-85-7105-295-6

1. Literatura brasileira. 2. Poesia. I. Título.

CDD 869.1
2025-4200 CDU 821.134.3(81)-1

Elaborado por Odilio Hilario Moreira Junior - CRB-8/9949
Índice para catálogo sistemático:

1. Literatura brasileira: Poesia 869.1
2. Literatura brasileira: Poesia 821.134.3(81)-1

SUMÁRIO

III. VERDE VIOLETA

[72] Dois pássaros
[73] Ninho
[74] Seis e cinco
[75] Vela ao sol

Para os gatos Amélia, Tina e Miado.
Obrigado pela paciente companhia.
Obrigado pela compreensão profunda sobre o tortuoso ofício da escrita.

Para a Primavera que comeu meu medo da morte.

As mãos que trago, as mãos são estas.
Elas sozinhas te dirão
se vem de mortes ou de festas
meu coração.
CECÍLIA MEIRELES

discernir no cair
da noite
esta noite de ontem
de amanhã
GOLIARDA SAPIENZA

Você já percebeu
como os nossos olhos nunca mudam?
Lá permanece nossa infância, boa e
ruim,
sem que se torne uma lembrança
NÂZIM HIKMET

Com o passar dos anos, enquanto observamos algumas poucas questões se tornarem mais nítidas, muitas outras se obscurecerem. Nos exultantes dias de juventude, por exemplo, era fácil encontrar no poente o nascimento da noite. Hoje, contudo, vejo em suas cores se abrigar sobretudo o abandono dos pássaros. Quando terminaram as celebrações e se iniciaram as despedidas? É cada dia mais árduo responder essa pergunta. Exige esforço e sabedoria decifrar as fronteiras da morte. E, assim, é grande o risco de semear as suas penas enquanto pensamos cuidar da vida simplesmente. Aqui, para mim, reside a essência da escrita. Este livro nada mais é do que a tentativa, um bocado frustrada, de separar o joio do trigo, a primavera do outono, dizer aqui acaba o medo e aqui começa a imensidão. A violeta não é um girassol, tampouco um cravo amarelado. Sabemos que são inúmeras as dificuldades que essa tarefa impõe. Ainda mais quando nunca se viu um grão de joio.

Pastoreio

Um rebanho de ondas inquietas atravessa meu olhar. Ao mar minhas pedras frias, minha mais nova dança. Pastorear as águas é simples. Basta acatar o rumor mais antigo.

Basta cumprir o que o mar nos pede.

Última dança

Meu exílio perdi na foz de uma nuvem.

Bilhete

para Júlia

Vieste pela noite, como brisa imprudente. Entraste pela porta carregando nos olhos a timidez das estrelas mais distantes. Então tudo se tornou seu mais novo reino. A poeira abatida sobre os livros, a luz faminta que vindo de longe nos invadia, tudo o que tocavas era teu. E, no entanto, por capricho ou distração, nada retinhas. Era de seu encanto dissolver no ar cada pequena coisa. Peço que não se assuste. Peço que não se desculpe. Era certo que a noite nos abrigasse em seu calor. Era certo que a respiração do tempo fosse assim docemente traída.

Aprendiz de astrônomo

O que faz o sol tanto amar os terrenos baldios?

Apagam o céu as jovens luzes da cidade. Pretensiosas, acreditam formar outra constelação.

É sempre outono nos livros fechados. Dentro de um velho envelope a primavera persiste.

Cega, a lua tateia a terra. Procura seus filhos. A noite assim se dilata em um sem-fim de caminhos.

As sombras da manhã nem sempre são frescas.

No fundo, as estrelas invejam os vaga-lumes.

Menino que fui, permaneço contando estrelas.

Semântica

Embora muito excite sua curiosidade, a palavra naufrágio nada significa para um peixe.

Feitio de oração

Sigamos uma hipótese. O poema é sempre uma confissão. Pode ser a confissão do poeta, certamente. Como também a confissão de uma pedra. Geralmente, o que se confessa são pequenos delitos. Um amor, um adeus, a saudade que carrega uma andorinha. A lista de crimes que pode ter cometido um poeta é longa. Ainda mais vasta, a lista de ilegalidades em que incorre uma margarida ao longo de sua vida. O poema é uma confissão de pecado ausente.

Quinta-feira ou os limbos do pacífico

Tenho a ligeira impressão que o sol se sente meio ridículo em fotos #tbt.

Festa junina

O fogo tem a mesma idade que as asas de uma mariposa.

Ela se assustava, curiosa. Ele, esforçado, lhe entregava as melhores caretas — amor de menino.

As bandeirinhas convidam o vento a participar da festa. As bandeirinhas são delírios de Volpi. Há algo nobre em ser lembrado por seus próprios desvarios.

O último caipira foi atropelado por um Tesla.

Repletas de desafios, as barracas predizem o genocídio dos peixinhos dourados. O que seria da infância sem as tantas lições da morte?

A festa se fia com o algodão noturno. Céu aberto. Estrelas frias. Nossa dança é chuva que não veio.

Entardecer

As árvores passam a vida inteira conjugando o verbo espreguiçar.

Sobremesa

Entre a alvorada e o poente, nem sempre é possível acreditar nas estrelas. Sobre a mesa as questões são servidas em minúsculas cápsulas que não correspondem ao tempo da urgência. De modo que possam crescer, livres e indivisíveis, até que uma avalanche conduza um bolo qualquer ao inevitável. É assim que as dores conhecem seu caminho. É assim que o dito e o não dito se misturam em uma única evidência. O medo é uma espécie muito sutil de ferrugem. O medo é espesso. E a vida, incapaz de se conter no que quer que seja, se recusa a aceitar os biscoitos como se fossem uma solução. O poente exige que inventemos outro tipo de esperança. Com um pouco de sorte é possível presenciar a floração dos azulejos.

A ave de minerva

A dificuldade em acordar muito cedo está em obedecer nossa aptidão à metafísica.

Casa com vasos

Pairando sobre o seu primeiro sorriso, nessa manhã pude ver o que era imperceptível no mar. As paisagens não sabem guardar segredos. Tampouco a chuva, por ser parte queda e parte música. Sabemos, assim, que será violenta a prece do sol se esquecermos a roupa no varal ou o nome das novas plantas do jardim. O que é imperceptível no mar senão um rugido de asas, um medo claro ou a possibilidade da luz encontrar o sonho no fim de sua jornada? Mesmo assustado, é sempre um sim o respirar. Cada um de nossos gestos revela a certeza de sermos sustentados pela cumplicidade dessa terra, desse sal e desse dia — sincera e irremediavelmente — aberto.

Sim

Eu sempre soube que tu eras um rio a atravessar minha cama.

Traduttore, traditore I

Olhai os delírios do campo.

Quatro cardeais

Sul e norte são conceitos muito abstratos para uma árvore, pois se confundem o nascente e o poente em suas entranhas. A rosa dos ventos, portanto, não é um signo de orientação geográfica, mas a consciência de um gesto primitivo, a forma mais pura de pertencer ao horizonte. Por isso, é de olhos fechados que melhor ouvimos os pássaros. É em silêncio que dançamos pela primeira vez.

Fotográfica

Sempre há primavera nas esquinas certas.

Não entre se não souber geometria

para que servem os incontáveis?
AUGUSTO MENEGHIN

A duração de um pôr de sol pode ser intuída pela quantidade de pétalas que caem pela manhã. Assim como o comprimento de um sorriso é proporcional à timidez das raízes adormecidas. Embora seja impossível enumerar as desilusões que acometem uma vida, às vezes o recomeço nega o princípio do um. A criança que, determinadamente, começa a contar as estrelas sempre chega ao número exato de vezes em que será necessário cultivar a solidão ao longo de uma primavera qualquer. O tamanho do sol é medido pelo diâmetro de um fruto que sustenta a tarde dentro de um pomar antigo. As incontáveis andorinhas fecundam as nuvens para que possa ser íntima a madrugada.

Para explicar uma janela

Ar e luz. Essas duas palavras são suficientes para explicar uma janela. A noite chega sorrateira sussurrando promessas antigas. A noite é outra chama. Ar e luz. Ambas as palavras são também muito estimadas pelas árvores. Embora seja a chuva quem principia seus melhores cantos.

É quase sempre assim, duas ou três palavras bastam para explicar um amor.

*
*   *

II. VIOLETA

Evangelho segundo José

in memoriam

José pulou da janela como um anjo impossível. Carregava apenas uma flor em suas mãos. Além da saudade, da confusa revolta e da tristeza sem pés, deixou três palavras para o nosso livre usufruto. A primeira se escondeu dentro de um caudaloso silêncio. O silêncio tinha o formato de um espelho. A segunda podia ser vista dançando sob o sol. Atrás dos longos abraços, dançava como se fosse folha, nuvem ou pedra. A terceira palavra, estancada no canto do olhar partido, se cobriu de orvalho como uma forma de não temer a noite. A primeira palavra era muda. A segunda, surda. A terceira, cega. As três palavras foram trazidas por um anjo, as três palavras gritarão por sobre as cinzas, as três palavras renascerão com os passarinhos.

Canto

Belas do primeiro ao último sol, nossas ruínas são tudo o que oferecemos. Indefesos aceitamos cada despedida como quem arranca da solidão uma máscara. E, assim, sobre essa pedra que de dia chamamos tempo, de noite chamamos morte, fazemos brotar uma canção.

Lapidar

Como a cortina lapida o vento oeste e a menor das folhas sente que recebe a tempestade por inteiro, talvez seja eterno o momento em que uma lembrança se desfaz.

Outro naufrágio

Mesmo após a grande seca chegar, alguns livros permaneceram úmidos nas estantes. Perto do quinto mês, as conchas claras começaram a se esfarelar ao contato da mais inofensiva sombra. Os antigos diziam que quem encostasse os ouvidos em suas entranhas iria ao encontro do mar. Agora, apenas se podia ouvir as esfinges de um sol encurralado. É que a grande seca trocou a veste de todos os símbolos. A primavera desde então carrega os olhos da morte em sua única flor. O coração baldio procura nas garrafas vazias vestígios da chuva extinta. E os livros, que permaneceram transmutando segredos alquímicos em seus ventres enclausurados, nunca mais foram lidos.

Nascera em meio às antigas chuvas e agora era incapaz de compreender a paisagem adulterada. Assim, carregava em seu lamento cores que não mais pertenciam ao horizonte. Lembrava de um verde limpo a invadir os quintais. Um vermelho destemido a arder em pequenos frutos. Um amarelo que alegremente se estendia pelo campo florido. Entretanto, era difícil resgatar as matizes da chuva com nitidez. Desde a grande seca, todo o horizonte se encontrava coberto por uma poeira fina e insistente. Um véu sujo a apagar o abundante azul dos céus de outrora. Uma máscara incapaz de cobrir as volúpias do sol.

Ver a mudança da paisagem era também dar adeus ao seu mundo de criança. Era viver um desterro em sua própria terra. Esse estranho caso de exílio experimentava toda vez que conversava com os que nasceram durante a grande seca. Esses não conseguiam acreditar que um dia a água fora abundante. Que um dia as chuvas correram livres pelas messes como cavalos selvagens. Enquanto para os mais novos a grande seca era a carne do que se chamava realidade, para ele mais parecia uma insistente desilusão. Talvez isso ocorra porque a água protagonizava sua mais antiga memória. Quando pequeno, era comum passear com sua mãe pelas matas. Ainda é capaz de sentir a mão dela — doce, áspera e firme — recolhendo do chão um pouco d'água fresca para lhe dar de beber. Jamais os mais novos acreditarão que por todo canto, na camada mais fina da terra, a água nascia em terna fonte. O nariz molhado, a boca satisfeita e o pulsar da mão materna. Enquanto viver não se esquecerá daquele gesto. Tampouco do sabor quase irreal daquela água que mais parecia ser a morada de uma luz incompreensível. Eis que veio a grande seca e tudo mudou.

O mundo em que mães colhiam água com as mãos não mais existe. E só podia pensar que a estiagem era, afinal, o destino de tudo o que é humano. Que o deserto de dentro vagarosamente expande seu domínio sobre todas as coisas o que o homem toca. E nunca tarda a chegar o tempo em que é preciso lutar com os fantasmas tecidos de miséria e sonho. Seria a vida apenas uma semente interrompida? Por quanto tempo pode sobreviver uma crisálida sonhando com o mundo antes de atrofiar suas asas? Pensava nisso tudo enquanto assistia o horizonte lentamente perder a imensidão.

Quase astrologia

Santo Agostinho não nasceu em agosto, faleceu.

O peso da pluma

No prato da balança um verso basta
para pesar no outro a minha vida.
EUGÉNIO DE ANDRADE

Há um sorriso que só consegue dar quem sabe o quanto pesa uma flor sobre os ombros.

Para tempos mais tristes que o habitual

"Onde é nascer?"

Perguntou Ramos Rosa em um de seus tantos versos epifânicos.

O mesmo sonhou a garça em uma noite intranquila.

Sabemos que nascemos em determinada data e local, contudo somos mais conscientes do tempo de tal acontecimento do que de seu espaço. Acreditamos sem muito esforço que viemos ao mundo em certo dia, mas olhamos desconfiados quando nos apontam o prédio em que dilaceramos o primeiro choro. Imaginamos seu interior, pessoas se movimentando determinadamente por um chão limpíssimo e, por mais detalhada que seja nossa imaginação, permanece alheia a experiência de revisitarmos o local de nossa primeira ruptura. Nascer é, primordialmente, transbordar.

"Onde é nascer?", portanto, é uma pergunta que nos seguirá vida afora. Não somos capazes de precisar os sítios de nossos sucessivos e dolorosos nascimentos. A garça talvez tenha melhor sorte. Pois sabe que nasce em cada poente enquanto regressa para sua árvore mais íntima. Pensa no dia que se perdeu — não sem antes, contudo, lhe custar algumas de suas penas.

Assim, os dias não se vão somente no tempo. No espaço também se despedem continuamente. A alegria de voltar para casa nasce da repetida e vaidosa ilusão de encontrarmos cada pequena coisa no local em que a deixamos. E da vontade louca de tirar os sapatos.

O sonho é, sobretudo, um lugar.

A rosa sempre aponta o horizonte como o lugar de seu nascimento

Poslúdio de bandolim

Posso falar amor. Posso invocar todos os nomes de nosso naufrágio. Sei que não tardarás em vir, desatenta que és. Não te surpreenderás em saber, talvez até rias orgulhosa, que ainda penso se possuem alma as laranjas. Concluí que a alma do laranjal e a alma da laranjeira são uma única e a mesma que, contudo, difere um pouco da alma do fruto. Com uma laranja que apodreceu esquecida ao pé da fruteira aprendi que as almas se corrompem ainda mais facilmente que os corpos. Tudo acontece silenciosamente, antes mesmo daquele momento que preferimos convenientemente chamar acaso. O diabo está em sermos incapazes de ver a alma se corromper. Distraídos, já a encontramos assim, rosa adulterada. E então passamos uma vida inteira nos perguntando em que momento tudo aconteceu. Quando o cheiro fresco das laranjas deixou de chegar em nossa cama. E nunca saberemos porque esse momento não existe. Não existe o momento em que o amor acaba, embora ele sempre acabe. Ah, se ao menos pudéssemos estancar aquele instante em que temos a certeza de sermos amados. Uma âncora atravessando uma nuvem. Agora é tarde. Hilda, agora o dia já se abriu em um novo fim.

Joaquim, mal-amado

O jardineiro semeou violetas dentro de uma ampulheta. Não se sabe se pôde vê-las florescer antes que caísse o último grão de areia.

Sul

Naquele dia, o cortejo errou o rumo do cemitério. Saindo do velório, desorientado como uma pomba fajuta, seguiu na direção oposta. Vagaram, então, por muito tempo. A dor que começou no peito lentamente corroeu também os ombros daqueles que carregavam o corpo. Todos desejavam que a vida logo voltasse à sua enfadonha rotina, mas simplesmente não conseguiam encontrar o cemitério. Ao fim do primeiro mês, alguns pensaram em desistir. Depois de uma longa conversa, ocorrida em completo silêncio, concluíram unânimes que não se podia negar ao defunto seu último ventre. Continuaram, assim, a vagar. Sob a complacência das grandes árvores, atravessaram as praças, as maiores avenidas e as pequenas travessas. Percorreram o centro e os mais distantes bairros. Sob chuva, sob sol, sob o sereno da madrugada. Aos poucos, a cidade se acostumou com aquele desnorteado cortejo. Não há nada com que uma cidade não possa se acostumar, afinal. A todo momento, se ouvia alguém chorar. Depois de um certo tempo, era difícil contudo discernir o que motivava as lágrimas. O grupo era grande, dada a importância do falecido. No primeiro ano todos mantiveram-se unidos. A segunda morte não tardou a chegar. O cortejo continuou, uma ou duas urnas funerárias não faziam tanta diferença. Três, quatro, cinco, dez mortes. Chegou o tempo em que cada um dos sobreviventes era responsável por arrastar três ou quatro caixões. Mas estavam bem. Fortes, saudáveis. Os mortos mantinham vivos os vivos.

Claridade

Nada nos protege da inevitável certeza de que é sempre pouco tudo aquilo que ocorre às três horas da tarde. Há um assassino à espreita no coração da pedra. E isso também é amor.

Traduttore, traditore II

Olhai os lírios dos bancos.

Travessuras

Evitávamos, com todas as forças, adormecer. Ou, pelo menos, sermos os primeiros a cair no sono. Em excursões escolares, com a turma toda reunida no ônibus, dormir era muito perigoso. Significava acordar com marcas de caneta na cara, creme dental nos cabelos, nos lábios e no nariz. Tudo isso sob deleite risonho de toda a turma. Experimentávamos a primeira maquiagem desse modo, sem consentimentos. Travessuras sem fim. No caminho de perder a inocência, era como sabíamos comunicar a alegria e os anseios de estarmos juntos, assim, tão longe de casa. Ainda hoje, é muito pouco o que sabemos dizer sobre uma amizade.

Durante toda sua vida usou bigodes. Tão comum em homens daquela época, sua face parecia ser definida primeiramente por aquele conjunto de pelos tão esmeradamente aparados. Como promessa não se sabe para qual santo, pediu aos filhos que lhe arrancassem o famigerado depois que viesse a falecer. E assim foi feito em uma triste segunda-feira de setembro. Durante o velório da estimada figura, era inevitável o espanto dos familiares e amigos que se aproximavam do caixão. Que rosto é esse? Era esse lábio murcho que se escondia por todo esse tempo? Um susto, um tímido sorriso não programado no meio do luto. Aos oitenta e quatro anos, morreu com cara de menino.

Ela foi a sétima filha a nascer. O pai esperava um homem à sua imagem e semelhança. Veio-lhe outra mulher, a sexta na sequência. Diziam, por isso, que ela cresceu como um menino. Durante toda a sua vida jamais usou nenhum tipo de maquiagem. Sempre vestia roupas largas. Negava tudo que a sociedade impunha como feminino. Quando faleceu, passaram-lhe o primeiro batom nos lábios. O serviço funerário, não lhe conhecendo a história, tratando-a como mais um lucrativo corpo na longa e burocratizada fila da morte, a maquiou como era ordinário ser feito em senhoras daquela idade. Disseram que era preciso esconder as marcas da doença no rosto, passando por cima do insistente pedido da família para deixá-la de cara limpa. Agora, mirando-a com essas cores impostas sobre o semblante adulterado, a morte parece apenas uma brincadeira de criança. Uma travessura sem fim.

A grave doença respiratória o levou ao sabor do vento. Os últimos dias foram de imensa agonia. Deitado em descanso eterno, há aqueles entre os presentes no velório que dizem que ele parece estar respirando. Morto, mas respirando.

Amarelo ipê. A primavera mal chegou e todas as flores já estão no chão.

Na esquina do cemitério jazia uma pomba morta sendo examinada por dois curiosos meninos.

Francisco

O passarinho ficou preso dentro da igreja. Durante a celebração, ninguém se importou em ajudá-lo. É complicado para um cristão conceber as alegrias do céu.

Era tarde

Era inútil a chama. Era inútil a sombra que dá forma à luz. As aves haviam partido para outro verão.

Fábula

Carregando abatido semblante, a tartaruga nadava em poluídas águas. A tristeza em seu olhar era comovente, de modo que o símio decidiu tentar animá-la. Assim, eloquentemente, lhe bradava: "o que te falta é autoestima, você precisa cuidar mais de si mesma, gostar mais de si, se amar mais. Se a gente não gosta da gente, podemos cair nas maiores ciladas. Tudo é possível quando se tem muito amor-próprio. Se mantemos focado o pensamento positivo, não há nada que não se possa alcançar. É preciso acreditar..."

Enquanto falava, o símio se afogou e a tartaruga rapidamente nadou para longe dali.

Paisagem noturna de Guaiúba

É necessário dizer, ao menos uma vez, qual a idade do espelho. Somente assim será possível reconhecer que olhar para fora e olhar para dentro são um mesmo movimento, pois em mil nomes se manifesta uma única imagem. O mar revela que em nosso peito se concentra uma flor impossível. O voo da ave marinha reflete todas as nossas ausências convergidas em um único fim. A areia segreda aos nossos pés como é traiçoeiro chamar cada abrigo de lar. Seguimos cegos pelas correntes dos dias. Mas é sempre possível que as palavras, as nossas palavras, atinjam os ouvidos dos espelhos fazendo-os se estilhaçarem em um sem-fim de cacos de sombra e luz.

Capim molhado

Cativo, o tempo se detém em uma janela. Desarmado por um por quê, vê o horizonte se vestir de um mosaico de águas breves.

A infância era o lugar no qual os pássaros conseguiam escapar.

Traduttore, traditore III

Olhai os delitos do pirilampo.

Paraty

Vestindo as mais bonitas meias, Arthur sobrevoava as almofadas azuis. Talvez ainda não soubesse que pela vida afora estaremos sempre a lutar contra os elefantes e os outros monstros invisíveis, que sobre o mar sempre deixamos os retalhos do tempo que, inevitavelmente, nos é arrancado dos ossos e que, mesmo assim, a amizade é, dentre todos os assombros, o mais sutil.

Primeira chuva

A chuva não acolhe apenas o agora. Cai também sobre os meses de estiagem. Meses tornados irreais, longínquos, convertidos em suaves sonhos. Assim as mãos do tempo regem o mundo. A realidade de hoje torna irreal o ontem. O contrário também sendo possível em casos de loucura ou amor. O real, tão frágil o real, impossível agarrá-lo sem que se parta em mil pequenas plumas.

Algumas gotas caem sobre o telhado. Outras invadem seus domínios revelando a aptidão humana ao abandono. Nenhum telhado pode nos proteger dos apelos do céu.

A chuva não acolhe apenas o agora. Por cair simultaneamente em nossa infância, nossas sombras e promessas — ou em qualquer outra palavra que inventamos para falar sobre o tempo — dias de chuva são janelas precisas. Através deles podemos ver tanto nossa pobre e mesquinha vida, quanto a envergadura de nosso amor.

Sobre o mar

Aqui, onde a luz é acolhida pelas águas, José de Anchieta escreveu um poema na areia. Um poema de amor, obviamente. Seu pudor não lhe permitia outro confessor. Um pouco mais prudente seria, no entanto, escrever em leve caligrafia suas palavras no mar. Pois podemos sempre contar com a confidência das gaivotas e dos peixes.

Entre a luz e o sonho

A luz tem sede. A escuridão tem fome.

Bem-aventurados os sonhos que não se despedaçam ao toque do primeiro sol.

Nem toda luz tem pressa.

Uma vela consegue enxergar a noite muito melhor que uma lâmpada elétrica.

O que as árvores sabem sobre a luz que nós nem desconfiamos?

Correu tão rápido o menino, tão, tão, tão rápido que por um triz não escapou da própria sombra.

Dentro do olho cerrado o mundo, vertido em sombra, pode enfim se despir em sonho.

Caim

Levam consigo uma marca as criaturas tocadas pelo mar.

Lua na lagoa

As folhas conjuram em azul mais uma lição do orvalho. A lua tem no lago a intimidade de um travesseiro. Confesso, súbito, o que ainda não sei.

O que resta da noite em nós?

Barco de papel

É fácil observar a solidão em um homem. Ele a revela, desatento, em seus gestos mais banais. Na maneira em que se senta, na sutileza dos nós dos sapatos, na forma em que tenta, inutilmente, esconder a tristeza atrás dos olhos. Como nuvens de verão, despedaça-se ao vento cada uma de suas frases. Um pouco mais difícil, no entanto, é ver a solidão no mar — que não seja também um espelho.

Verde violeta

Todo sim carrega em si a forma de um deserto.

A ausência de uma montanha arde em nossas pupilas e então se percebe que as flores nunca pertenceram ao jardim.

Tampouco os filhos pertencem ao mármore de um dia feliz, embora ainda seja possível assobiar aquela velha canção.

O outono é além dos frutos.

A primavera não é somente a passagem do inverno para o verão.

Sob os nasceres do sol deve-se estender a roupa no varal, pacientemente, sabendo que essa é a condição mais pura para o aparecimento de um amor, um pássaro ou uma certeza.

A areia do deserto jamais caberia em nossos bolsos cheios de cravos.

Balanço

A criança partiu. Vai, vem, vai. Afinando o rangido triste. Vem, vai, vem. O vazio balanço continuou seu movimento. Vai, vem, vai, vem. Não olhou para trás a menina. Vai, vai, vai. O balanço é agora um pêndulo. Vem, vai, vem, vai. Que marca o tempo a partir do fim. Vem, vai, vem. E é assim que do chão do parquinho. Vai, vem, vai. Colhe-se areia para fazer ampulhetas. Vem, vai, vem. E violinos.

Horizonte no espelho

O rio é um horizonte estancado na paisagem. Horizonte é como chamamos uma distância imensa que também é muito íntima, pois somente através dela conseguimos medir o tamanho de nossa solidão. O rio segue seu caminho. E não há ninguém que acompanhe suas águas sem que seja tragado pelas armadilhas do tempo. O tempo é uma quimera feita de um labirinto de horizontes. Uma quimera que, no entanto, se desmancha no instante em que o rio encontra o mar.

Um dia em novembro

Envergonhados, ensinamos as crianças a assoprar as velas. Não queremos admitir a elas que quase nada sabemos sobre o fogo.

Busoniana

Uma simples borboleta é capaz de vibrar um sino. Sem, contudo, perturbar o seu silêncio.

Dois pássaros

O tempo que caminha sobre o mar não é o mesmo que se condensa dentro de um espelho. O vento acaricia as folhas de relva como se esculpisse nuvens. Quando uma lágrima chega ao chão, não mais se lembra se era dor ou esperança o que ardia em sua fonte. A luz do sol de abril pode tanto se enovelar em uma paineira quanto se espreguiçar sobre uma pedra. Assim voam os pássaros, protegidos pelas sombras das estrelas. É a vida quem diz, tudo se partiu para sempre. A manhã e a noite contam tão somente a mesma história.

Ninho

O instante existe dentro de um espaço definido. A envergadura de um sorriso ou os contornos de uma chama por vezes o abrigam em seu domínio. Nesses diminutos espaços o tempo pode enfim respirar despido de suas penas. Nesses cerceados círculos pode experimentar o sutil sopro do sim.

Não dura mais que um instante todo e qualquer sonho.

Seis e cinco

A suave respiração da aurora invade a rua adormecida. Entre as folhas secas, a mais jovem luz acende as pedras das calçadas.

Todo despertar conduz uma parcela do sonho ao impossível.

Logo o dia será pleno, e não há nada que possa ser feito para estancar o outono das xícaras.

Quando tocada pelas mãos, cada pequena coisa é imediatamente contaminada por um gosto de sal.

Gostaria de lhe contar uma grande novidade, mas tudo o que possuo vive e morre nesse dia que não me conhece.

Sobre o muro a aurora retém seu gesto. O muro é um elogio às sombras. Uma tela a serviço do abandono. Um diminuto abismo que, por não ter sido esculpido pelo mar, permanece inútil para as aves costeiras.

Vela ao sol

Ainda não sei dizer se os barcos estão dormindo ou acordados. Talvez estejam despertos, pois em suas velas repousa o dia imenso e azul, alguma esperança e nenhum enigma. Talvez perdurem adormecidos. O mar então seria metade desejo, metade medo, como todo sonho. Muitas coisas assim existem, indiferentes ao sono e à vigília. As lembranças ariscas, a cumplicidade de uma última manhã, o corpo nu que aguarda o amor chegar.

Túlio Stafuzza

nasceu em abril de 1988 no interior de São Paulo. Possui dois livros lançados pela editora Urutau, *Livro dos pássaros* [2018] e *Quanto de mim é uma nuvem* [2024]. Também co-assina o livro *Kena,* lançado pela editora Rima [2020]. Sobre o autor, seu amigo Alexandre Magno Jardim Pimenta escreve:

Temos um amigo chamado Túlio. Túlio é bom de cutucar estrelas. Tem as mãos grandes e fortes, repletas de mansidão para com tudo o que existe. É um Carlitos muito grande. Túlio foi trazido por uma cascata. Túlio veio de terras onde existem borboletas do tamanho de crianças.

* * *

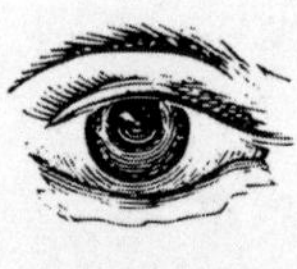

PRIMEIRA EDIÇÃO
—PRIMAVERA—
COTIA
MMXXV